LEMERCIER DE NEUVILLE

LE SOUHAIT

MONOLOGUE POUR ENFANTS

Prix: 50 centimes

PARIS

LIBRAIRIE THÉATRALE

14, RUE DE GRAMMONT, 14

M DCCC XCIV

Droits de reproduction, de traduction et d'exécution réservés

LE SOUHAIT

C'est aujourd'hui le nouvel an,

Pour tous, c'est un grand jour de fête !

C'est un jour où l'on se souhaite

Tout ce qui passe par la tête !

— Que souhaiterais-je à maman ?

— La santé ? — C'est bien inutile,
Car maman se porte très bien.
Jamais, chez le pharmacien,
Pour elle on ne va chercher rien...
Ce serait un souhait stérile !

— Le bonheur ? — Maman est heureuse ;
Papa l'aime et je l'aime aussi ?
Elle n'éprouve aucun souci,
Jamais son œil n'est obscurci
Par une larme douloureuse !

Que pourrais-je lui souhaiter ?
— De beaux joujoux ? de la toilette ?
Des fleurs pour mettre sur sa tête ?...
Non ! Car tout ce que je souhaite,
Elle peut très bien l'acheter.

Je voudrais trouver quelque chose
Qu'elle n'eût pas, — et ne pût pas
Se procurer ! Quel embarras !
Maman a tout pour elle, hélas !
Tout, ou du moins je le suppose ?

C'est le modèle des vertus !
Il n'est pas de meilleure mère !
Je cherche toujours à lui plaire
En faisant bien,... voulant mieux faire...
J'adore ma mère, au surplus !

Il n'en est pas une seconde
Sur la terre, je parierais !
Je ne la quitterai jamais !...
— Si quelque jour je la perdais,
Je la suivrais dans l'autre monde !

...Eh mais ! voici mon compliment !...
— Où donc avais-je la cervelle ?
... « Ta fille, ô ma mère modèle !
» Te souhaite d’être immortelle
» Pour t’aimer éternellement ! »

PIÈCES POUR L'ENFANCE

	Garçons	Filles	Prix
LES BAVARDES	»	2	» 50
C'EN EST UNE	»	»	1 »
LA CIGALE ET LA FOURMI	»	2	1 »
LES DEUX GASCONS	2	»	» 50
LES DEUX MOINEAUX	1	4	1 »
L'ÉCOLE BUISSONNIÈRE	2	»	» 50
FIANCÉS EN HERBE	1	1	1 »
FIVE O'CLOCK TEA	»	2	» 50
UNE GRAVE AFFAIRE	2	2	1 »
LE JOUR DE MADEMOISELLE	1	1	1 »
NÔ !	2	»	» 50
LE NUMÉRO GAGNANT	1	2	1 »
PENSUM (charade)	1	2	1 »
PETITE MAMAN	»	4	1 »
LE PETIT MONDE	1	2	1 »
LA PETITE PRINCESSE	»	2	» 50
LES PETITS AMBITIEUX	1	1	1 »
LES PETITS RÉVOLTÉS	1	3	1 »
POUCET ET POUCETTE	1	2	1 »
QAND NOUS SERONS GRANDES !	»	3	1 »
POUR UN HANNETON	2	2	1 »
LE RENARD ET LE CORBEAU	2	»	1 »
RÊVES D'AVENIR	2	»	» 50
VIVE LE GÉNÉRAL	2	4	1 »

Asnières. — Imp. J. Chevallier, 39, rue Parmentier.

MONOLOGUES POUR ENFANTS

	Garç.	Fill.	Prix
L'Ane	1	»	1 »
Bébé	1	»	» 50
Le Bœuf et la Grenouille	1	»	» 50
Boasoir Maman !	»	1	» 50
Le Chagrin de Bébé	»	1	» 50
Examen de Conscience d'une Poupée	»	1	1 »
Les Fleurs qui parlent	»	1	» 50
La Maladroite	»	1	» 50
Oh ! Maman	»	1	» 50
Le Petit Doigt de Maman	»	1	
La Moustache	1	»	1 25
Oraison funèbre de Polichinelle	1	»	
Le Petit Ramoneur	1	»	» 50
Le Premier Pantalon	1	»	» 50
Prière au Père Noël	1	»	
Le Petit Oiseau	»	1	1
Prière naïve	»	1	» 50
Quand on est grand !	1	»	1 »
Rêve d'Enfant	1	»	» 50
Le Souhait	»	1	» 50
Une Tempête dans un Berceau	»	1	» 50
Le Violon	1	»	» 50

(Le Petit Doigt de Maman, La Moustache, Oraison funèbre de Polichinelle : une plaquette.)
(Prière au Père Noël, Le Petit Oiseau : une plaquette.)

26